닥터 K

황금알 시인선69

닥터 K

초판인쇄일 | 2013년 6월 17일
초판발행일 | 2013년 6월 29일

지은이 | 김경수 외
　　　　한국의사시인회 편
펴낸곳 | 도서출판 황금알
펴낸이 | 金永馥
주 간 | 김영탁
디자인실장 | 조경숙
제작진행 | 칼라박스
주 소 | 110-510 서울시 종로구 동숭동 201-14 청기와빌라2차 104호
물류센타(직송 · 반품) | 100-272 서울시 중구 필동2가 124-6 1F
전 화 | 02)2275-9171
팩 스 | 02)2275-9172
이메일 | tibet21@hanmail.net
홈페이지 | http://goldegg21.com
출판등록 | 2003년 03월 26일(제300-2003-230호)

ⓒ2013 한국의사시인회 外 & Gold Egg Publishing Company Printed in Korea

값 10,000원

ISBN 978-89-97318-45-2-03810

닥터 K

한국의사시인회 시집

황금알

사화집 출간을 축하드리며

마 종 기

  한국의사시인회가 연전에 결성된 뒤, 회원들이 모여 첫 사화집을 출간하게 된 것을 진심으로 축하드립니다. 나는 칠칠치 못하게 아직도 외국에 거주하는 탓에 함께 이 축제를 즐기지 못하는 아쉬움이 큽니다.

  인간의 질병과 함께 살아야 하는 의사는 의학의 과학적 특성과 더불어 희로애락과 다양한 감성을 지닌 인간을 그 대상으로 한다는 점을 항상 상기해야 합니다. 그래서 인간 이해의 접촉점인 인문학과 그 바탕이 되는 문학에 관심을 주어야 완전한 의사로 행세할 수 있을 것입니다. 좌뇌 파로서의 과학자와 우뇌 파적인 감성과 인문학을 두루 겸비해야 환자에게는 이해심 많은 훌륭한 의사, 자신에게는 편향되지 않으면서도 자유를 향유하는 행복한 의사가 될 수 있다고 믿습니다.

  그러나 잘 아시다시피 의사의 일상은 그리 한가로운 것이 아니고 그 틈새 시간에 시를 생각하고 글을 쓴다는 것은 말같이 쉬운 일이 아닙니다. 이제 전국의 훌륭한 의사 시인들이 밤잠을 밀어두고 섬세한 인간애를 시의 행간에 심어 놓은 것을 살필 기회가 왔습니다. 과학자인 의사가 어떻게 환자라는 인간의 고통과 불안을 함께 아파하고 또 함께 눈물 흘리는지를 볼 기회가 왔습니다. 더불어 의사라는 인간이 목석이 아니고 어떻게 자신의 의지를 지키며 불완전한 자신을 깨워 이겨나가는지를 볼 수도 있을 것입니다.

장기적인 안목으로 보면 시를 사랑하는 이런 모임과 사화집의 꾸준한 발간은 이 나라에 의료문화를 널리 전파하고 의사의 질을 높이는 데도 한몫을 하리라는 믿음을 가지고 있습니다.

몇 자 축하의 말을 전하며 이런 축제가 오래 이어지기를 바라마지 않습니다.

두 종류의 시인이 있다.
하나는 교육과 실습에 의한 시인,
우리는 그를 존경한다.
또 하나는 타고난 시인,
우리는 그를 사랑한다.
           - R.W. 에머슨

환자를 사랑하는 마음으로

詩를 사랑하는 의사들이 함께 모였다.

아직 詩는 탄생하지 않았고

영원히 완성되지 않을 것이다.

            한국의사시인회

차 례

김경수

1993년 『현대시』로 등단
시집 『하얀 욕망이 눈부시다』 『다른 시각에서 보다』
『목숨보다 소중한 사랑』 『달리의 추억』
『산속 찻집 카페에 안개가 산다』
문학·문예사조 이론서 『알기 쉬운 문예사조와 현대시』
2007년 제19회 봉생문화상 수상
『시와사상』 발행인
부산 김경수내과의원장
부산광역시의사회 회장
대한의사협회 부회장
이메일: goldkiss@unitel.co.kr
주소: (609-826)부산광역시 금정구 부곡1동 325-36
김경수내과의원
전화: 051-512-4142

메디슨 카운티의 다리

"메디슨 카운티의 다리"라는 영화 안의
빨간 나무 지붕이 있는 메디슨 카운티의 다리에서
극 중의 한 기혼 중년 여인과 한 중년 독신 남자가
처음으로 사랑을 느꼈네.
그리고는 메디슨 카운티의 다리에서 헤어졌다네.
불륜의 사랑이었으므로
그러나 그것이 생生의 첫 번째 진정한 사랑이라는 데
문제가 있었네.
일생 중에 진정한 사랑은 단 한 번밖에 오지 않는다는
사실 때문에
그 남자는 늙어 죽기 전에 그 여인에게
일생중에 진정한 첫사랑이었노라는 마지막 편지를 보
내고
편지를 품에 고이 안던, 이젠 백발이 성성해진 그 여인도
죽고 나서야 남겨둔 편지로 자녀들에게 고백했다네.
아름다운 불륜을
일생에 단 한 번밖에 오지 않는다는 진실한 사랑을 위해
죽기 전까지 가슴 깊숙이에 간직하고만 살았던 그들

메디슨 카운티의 다리에 내가 서 있네.
일생 단 한 번의 진실한 사랑을 위해
우리 사랑을 방해하던 검은 운명과 대결하러 가네.
하지만 거대한 힘의 운명에 형편없이 매만 맞고서
내 사랑과 메디슨 카운티의 다리에서 헤어지고
함께한 시간들만 추억하며 한없이 쪼그라드네.
그런 사랑은 끄기 위해 켜둔 촛불
밝지만 서러운 그 빛 안에서 피었다 지는 수선화였네.
사랑했던 마음들이 땅으로 추락한 여름 과육처럼 멍이
드네.

메디슨 카운티의 다리가
일생 단 한 번밖에 오지 않는
진실한 사랑을 만나기 위해 서 있네.
그러나 단지 나무라는 이유만으로
이루어질 수 없는 사랑의 운명 때문에
내부 깊은 곳에서부터 서서히 썩어가고 있네.
메디슨 카운티의 다리가 아프고 그 남자와 여자가 아
프고

내가 아프고 내 애인이 아프고
그 사랑이 범인이고 세월이 공범이고 삶이 방관자였네.
영화 안에서나 영화 밖의 세계 속에서도
그 남자와 그 여자와 나와 내 애인과 메디슨 카운티의
다리가
숨겨진 투명 끈으로 연결되어 있었네.
그러나 나는 아직 메디슨 카운티의 다리에 가 본 적이
없네.

산속 찻집 카페에 안개가 산다

산속에 있는 찻집 카페에 안개가 산다.
그 안개는 물고기 모양을 하였다가
밤새 혼자서 불을 밝히고 논다.
찻집 카페가 있는 그 밤의 산속 어두컴컴한 안개 공원에
나무들이 흑백 영화관을 열었다.
빛과 어둠만이 있는 그 공간에서는
소리와 감촉만이 진정한 시민이다.
소리들과 차가운 감촉이 뛰어다니며 놀았고
모든 생물들이 관객이다.
아무것도 보이지 않는 안갯속에서는
낙엽들도 저희들끼리 모여서
몸을 부딪쳐 소리를 내며 자신들의 위치를 알린다.

오랫동안 침묵하던 비가
일순간 육중한 소리를 내며 지상을 강타할 때
안갯속에 묻혀 있던 산속의 새가 공포에 질려 울었고
안개를 밀고 다니던 눈먼 바람은
새의 깃털을 흔들며 위로했다.

산속 찻집 카페에 사는 안개를
구름이라고 부르기도 한다.
양떼구름이 되기도 했다가
비행기가 지나간 자리를 따라 가늘고 길게 늘어선
비행운飛行雲이 되기도 했다가
자기가 원하는 모든 모습으로 바꾸며 노는 새털구름이
되기도 하였다.
산속 찻집 카페 출입문 앞에
원하는 모습으로 원하는 시간 동안 자유를 얻는다는
소문을 듣고 찾아온 늙은 구름이 정지했다.
단 한 번의 자유로운 변신이 유일한 꿈이었다.

일기예보보다 먼저 폭풍이 몰려왔다.
미처 준비가 안 된 산속 카페의 창문을 강풍이 무섭게
흔들었고
산속 카페 내부에는 마음껏 변형을 즐기던 구름들이
공포에 떨었다.
폭우 속에서 항상 우리는 죽음보다 무서운 불확실성을
먼저 만나며

우리는 만난 적이 없지만 헤어졌다.
무서운 적막감이 해일이 되어 덮쳤다.
해야 할 일들이 너무 많아 살아남기를 간절히 기도하
였고
하루가 25시가 되기를 간절히 기원하였지만
인생이라는 불확실성의 제국인 산속 찻집 카페에서는
늙음은 오히려 축복이다.

잃어버린 것을 찾다

벚꽃잎들은 지난 추억과 지난 이야기들을 적은 편지를
무표정한 도시인들에게 보낸다.
내가 그대를 처음 만났던 찻집에서
그대가 집어들었던 연두색 볼펜
그렇게 만남은 시작되었고 인생은 아름다운 색으로 변
했었다.
벚꽃잎 뒤에서 그 따뜻했던 시절이 일렁인다.
그 여인과의 따뜻한 포옹이 피어나고 있다.
내가 그대를 사랑했기에 그대도 나를 사랑했지만
꽃잎들은 우리에게 아무런 조건 없이 노래를 불러준다.
사람들과의 사이에는 너무 많은 계산과 가식假飾이 있다.
사람들은 의심의 눈빛으로 꽃나무의 배신을 두려워한다.
벚꽃나무들이 바람이 불자 무한 복제를 하기 시작한다.
벚꽃나무 하나에 별과 꽃나무 하나에 노래가
벚꽃나무 하나에 사랑과 우정이 꽃잎으로 피어난다.
시내 전체가 벚꽃나무의 세상이 되었고
사람들은 제 스스로
따뜻한 마음과 잃어버렸던 사랑을 조금씩 찾기 시작
한다.

김 세 영

1949년 부산 출생
부산의과대학, 서울의과대학원졸업
2007년 『미네르바』로 등단
시산맥시회회장
성균관의대 외래교수
한국시인협회회원
국제펜클럽한국본부회원
시집 『강물은 속으로 흐른다』(마을) 2007
『물구나무 서다』(문학세계사) 2012
연재 『오늘의 한국』 건강에세이(2009년~2013년 현재)
이메일: mokjoin@daum.net
주소: (135-841)서울시 강남구 대치동 908-2(역삼로 406)
김영철내과의원
전화: 02-566-6004, 010-8984-6964

심야의 2호선

밤늦은 귀가歸家
흐물흐물한 애벌레가
창이 벽이 되는 몸체로 들어가
땅속을 달린다

꿈의 터널을 뚫는 두더지가
어둠의 속살을 헤치는 박쥐로 진화했다는
옛이야기를 창의 진동으로 듣는다

철제 껍데기 속의 번데기가
나비로 우화羽化하는 꿈을 꾸다가
한 생의 목적지를 지나쳐버린다

귀에 익은 정거장의 이름이
다시 한 번 잠을 깨울 때까지
인큐베이터 속의 미숙아처럼
잠 속을 달린다

새로운 새벽의 귀가

전생의 기억들로 가득한 조간을 들고
낯설지 않은 집 앞에서 머뭇거린다.

방울의 생태

모체에서 떨어져 나올 때는
모두 방울의 모습이다

수만의 구름새 떼들이 산란한
빗방울과 우박이 쏟아져 내려
대나무의 질 속을 빠져나가며
우 우, 울음소리를 낸다

우박 세례에 꽁깍지가 터져 나온
수많은 붉은 콩들이, 쿵 쿵
몽돌처럼 계곡 속을 굴러가며
심장의 물레방아를 돌린다

신생의 방울들은 옹골차다
세포 분열하듯
허공 속으로 낱낱으로 떨어진 것들이라
두렵고 무서워서
한껏 웅크린 탓이다

어둠 속을 부리나케 달려가는
저 별똥별은
누구의 빈 몸통 속을 굴러 내릴
빛 방울인가?

새벽안개 속을 걸어가는 온몸에
대상포진 수포처럼 이슬방울이 돋는다
물방울 탑이 되어 서 있으니,
아침햇살에 수포가 터지면서
자작나무처럼 빛난다

이 순간 이대로
아침햇빛으로 몸을 불사르면
구슬방울 몇 개쯤은
떨어져 나올지도 몰라.

바닥에 닿아야

허공에서는 눈물도
추락하는 빗물이다

볼을 타고 흘러
손바닥을 적셔야
비로소 눈물이 된다
철퍼덕거리며 걷는
바짓가랑이를 적시면
빗물도 눈물이 된다

번지점프를 하듯
자궁에서 뛰어내릴 때도
허공에서는 울지 않았다
손바닥에 닿아야, 비로소
첫 울음보를 터뜨리며
강보를 적셨다

토굴을 파던 앞발이
토담을 쌓는 손이 되었던

직립원인의 기적도
가슴 털을 적시는 눈물을 닦으려는
수십만 년 된 기원이었다

몸속 깊은 곳
마지막 눈물방울을
수의의 옷깃으로 닦아야,
무덤 속 흙바닥에
마른 등뼈가 닿아야

잉카의 미라처럼
안온의 잠을 품을 수 있다.

김승기

2003년 『리토피아』로 등단
시집 『어떤 우울감의 정체』
『세상은 내게 꼭 한 모금씩 모자란다』 『역驛』.
이메일: kimsnpc@hanmail.net
주소: (750-906)경북 영주시 영주1동 550-3
김신경정신과의원
전화: 054-638-3890

빈 집

몇 년 전, 잘난 남편이
대전에 다른 여자에게로
안방을 실어갔다.
친구 같던 딸내미가
미국으로 시집가면서
건넌방을 또 실어갔다.
얼마 전 서울로 취직한 아들놈이
제 아버지 대신 지키던
사랑채마저, 또 실어갔다.
애써 웃음으로 가려보지만
그녀가 말할 때마다
텅 빈 방들이 울렸다.
누가 볼세라
자꾸만 처박아 놓아도
그 빈방들은 슬며시
그녀의 몸을
기어 나왔다.

정거장

해맑던 무지개, 흠뻑 땀에 젖어 옷걸이에 걸려 있다.
하루종일 몇 평의 공간, 시계추가 왔다 갔다 하고 있다.

미처 다 담지도 못한 휴짓조각처럼 흩어져 있는 환자
들의 신음 소리
그 위로 쌓이는 히포크라테스의 탁한 기침 소리

아직 펴보지 못한 의료보험 연합회 발신의 편지들
한 개를 뜯으니 삭감된 마이신이 쏟아진다.
입술을 꼭 깨물면서 또 다른 편지를 뜯으니
잘못 들은 것 같다며 간호학원 출신이 구별해낸
청진기 소리가 되돌려져 있다.

점점 좁아져 오는 새장 속
이제는 아! 소리라도 지르련만…….
쇠퇴한 귀족처럼 어두운 창가로 가서 하늘을 본다.
찌푸린 하늘, 낯익은 새 한 마리 지나간다.
그래, 기어이 가시는구나…….

원장님, 환자 왔는데요.
때가 탈 대로 탄 내 젊은 날의 내 무지개
본능처럼 옷걸이에서 집어 든다.
깨어진 창으로 스미는 찬바람, 을씨년스런 겨울 역사
맨날 떠난다고 입버릇처럼 말을 하지만
끝내 떠나지 못하는 섬 하나

산과 들이 보이는 속도

경주에서 진천까지, 허겁지겁 달려온 네 시간
그동안 나는 산과 들을 결코 본 적이 없다
톨게이트를 벗어나서야 비로소, 거기 서 있는
정겨운 풍경들

〈제한 속도 60Km〉
산과 들을 볼 수 있는 시작점

속도를 더 줄이니
나무도, 길섶의 풀꽃도,
개구리 울음소리까지도 보인다

논두렁 저 건너 고속도로에는
눈 귀 없는 짐승 같은 속도가
저물어 가는 세기말을
야차夜叉같이 달려가고 있다

김연종

2004년 『문학과경계』로 등단
시집 『히스테리증 히포크라테스』 『극락강역』
제3회 의사문학상 수상
현재 의정부시 김연종내과 의원
이메일: medirac@hanmail.net
주소: (480-839)경기도 의정부시 용현동 407-9
전화: 031-851-9860, 010-3894-9860

닥터 K를 위한 변주

얼음 심장과 술에 찌든 간으로
그는 오늘도 현장을 재촉한다
블루칼라의
넥타이 같은 청진기를 목에 메고
안경 밖의 세상을 조명한다
버림받은 고양이의 울음소리만
시멘트 바닥 같은 흉곽의 동굴에 나뒹굴고
핏기없는 사람들은 저마다 입을 다물었다
청진기를 통해서만
세상과 소통하는 그,
얼어버린 심장과 딱딱한 폐는
이제 더 이상
그의 삶의 지폐가 아니다
실핏줄 같은 병력들을 모아
동맥의 바코드로 정리하고
오늘도 그는 무당처럼
주문을 외워댄다
올무에 걸린 들쥐들이
바르르 몸을 떤다

K가 고양이처럼 발광한다
K가 쓰디쓴 토물을 닦고 있다
K가 흩어진 간을 주워담는다

버거씨의 금연 캠페인

파이프오르간 같은 성기를
두 입술 사이에 넣고 힘껏 빨아들인다
누런 이빨 사이
황홀한 치모가 알몸으로 활활 타오른다
절정의 순간 사그라드는 귀두처럼
제 한 몸 온전히 불사르고
그 잿빛 향기로 쌕쌕거리는 텅 빈 허파,
수챗구멍의 폐부를 따라
매캐한 타르 연기가 가는 혈관을 막을 때마다
한 모금씩 타들어 가는 뼈마디
극심한 통증이 혈관 벽을 쏠 때마다
담뱃재를 털듯
썩어 문드러진 종아리를 떨고 있는 버거씨*
의족처럼 널브러진 꽁초들이
재떨이에 수북하다

* 버거씨병: 혈전 때문에 혈관 벽이 막히는 질환으로 손이나 발, 주로
  무릎 아래의 혈관에 괴사가 생기며 대부분 흡연과 연관되어 있다.
  병명은 이 질환을 처음 보고한 미국의 의사 레오 버거의 이름에서
  유래함

눈물 도둑

단 한 번도 꿈꾸지 못한 혁명 같은 은유가 내 눈 속에
흐르지만
　눈물 주를 벗 삼아 눈물의 고갈에 대해 말하지 않으리
　내 눈물을 훔쳐 한낱 위안으로 삼은 네가 지금쯤 슬픔
에 잠겨 펑펑 울고 있을지도 모르니까

네가 다녀간 후로
눈이 각박하다
눈썰미도 사라지고 안목의 잣대도 희미해졌다

안구 건조증의 눈에 비친 세상은
변심한 애인의 유두처럼
쭈글거린다

말라버린 세상의 눈에
인공누액을 넣는다

눈 속으로 들어가지 못한 누액이 볼을 타고 주르르 흘
러내린다

미끄러운 바위에 착지하지 못한 빗방울처럼 너를 향해
흐르는 관성 멈출 수 없는 건
　아직도 애써 참아야 할 짜디짠 눈물이 내 안에 남아있
기 때문이다

김 완

광주 출생
광주고와 전남의대 및 동대학원졸업
의학박사, 심장내과전문의
2009년 『시와시학』으로 등단
시집 『그리운 풍경에는 원근법이 없다』
한국작가회의회원
시낭송회 비타포엠회장
현재 광주보훈병원 심장혈관센터장
이메일: kvhwkim@chol.com
주소: (503-712)광주광역시 남구 노대동 송화마을 835번지
휴먼시아 아파트 607동 702호
전화: 010-6664-9490

산수유 꽃 봄을 부르다

만복대에 쌓여있는 눈을 등지고 산수유 꽃이 피어있다. 천 년을 살았다는 할머니 몸에서 구시렁거리며 노란색이 대기 속으로 퍼져 나가면 구례군 산동면 개척마을에 봄이 온 것이다. 꽃샘바람이 소맷자락 붙들고 앙탈 부릴 때, 지리산 골골마다 얼음은 녹아 계곡의 시린 물이 기지개를 켜면서 몸서리칠 때, 매화와 더불어 맨 처음 봄을 부르는 꽃이여! 간지러운 봄 햇살에 삐죽이 손 내밀어 봄을 제 몸속에 가두고 삭혀, 色이 세상 밖으로 진노랑에서 환한 노랑으로 향할 때는 이미 봄은 온 것이다.

연초록색으로 진군하는 봄 들녘에 점점이 박혀있는 흑염소들, 풍경이라니! 구례군 산동마을 꽃담 길 굽이마다 겨우내 숨죽인 이끼 파랗게 물오를 때는 가까운 수평저수지에 암수가 평생 수평적으로 산다는 원앙들 날아오고, 도회지의 낯선 남녀들 자주 찾아오는 봄날인 거다. 간지러운 바람과 정겨운 햇살이 마음 들뜨게 하는 봄날에는 인적 드문 지리산 골짜기 어딘가에서 삶을 지우고 버리면서 사는 사람, 빚은 술이 익었다고 봄을 기별해주는 오래된 친구 하나 있었으면 좋겠네.

와운 마을에서

구름 위에 있다는 와운 마을을 간다
나무는 400년 이상 살기 어렵다는데
천 년 된 소나무 두 그루 마을을 굽어보고 있다
구름도 누워 지나가는 곳에
15가구 33명의 주민이 살고 있다
마을로 오르는 시멘트 길에
선명하게 찍혀 있는 작은 발자국
나무가 울고 별이 떨어지는 밤
무슨 급한 사연 있어
서둘러 산에서 내려갔을까
태풍과 바람의 통로인 계곡
그 밤의 아픈 물이 오늘은 푸르구나
지리산 달궁 계곡 근처에 오르면
머리맡에 미완성인 채로 남아있는
조국이며 전쟁 같은 말들 떠오른다
바위를 가르는 나무의 무서운 집념처럼
빨치산이란 이름의 숨 가쁜 역사를 생각한다
짧은 삶의 격렬함과 슬픔에 대하여
아픈 사람들의 오래된 이야기가 전해오는
와운 마을 사진첩 속에는 다랭이논이 서 있다.

너덜겅을 바라보며

바람재에서 토끼등 가는 길
무등산 덕산 너덜겅* 바라본다
켜켜이 쌓인 회색빛 시간이 풍화되어
무리지어 흘러내리는 너덜겅
아득히 먼 지상의 모습은
가물거리는 과거일 뿐
시간은 시간의 부재不在 속에서 찬란하다
그리운 누군가를 떠나보내고
하루하루 산다는 것은
속도에 맞추어 시간을 견뎌내는 일이다
물러가지 않는 어둠과
그저 오래 눈 맞추는 일이다
무너져 내리는 것들의 아름다움이라니
저물고 있는 것들의 찬란함이라니
그리움도 슬픔도 무리지어
모이고 흩어지는 너덜겅
먼 하늘 지나가는 바람과 구름에게
오지 않은 시간을 물어보는 일이다.

* 돌이 많이 흩어져 있는 비탈.

김응수

1958년 대구 출생
한양대학교 의과대학원 의학박사
흉부외과 전문의, 중환자의학 세부전문의, 보완통합의학 인정의
한전의료재단 한전병원 병원장 역임
현재 한전병원 흉부외과 과장
1993년 『시와사회』로 등단
2011 서울문학인대회 '가장 문학적인 의료인상'
시집 『낡은 전동타자기에 대한 추억』
위인전 『의학의 달인이랑 식사하실래요?』
에세이 『나는 자랑스런 흉부외과 의사다』『아들아, 너는 오래 살아라』
『가슴 아픈 여자, 마음 아픈 남자』『Dr. 콜롬보』 등
이메일: earth916@hotmail.com
주소: 서울시 영등포구 영등포동8가 91 당산푸르지오 106동 2401호
전화: 017-216-0467

어둠에게 묻다

검은 고양이 떼가 덮치듯
어둠이 내린다

언제부턴가
쉽사리 포기를 순리라고 불렀지
침묵의 무게에 머뭇거리다
코트 깃을 움켜쥔 채 몇몇이 떠나고
불끈 주먹을 쥐거나 거친 숨을 쉬곤 했지만
아무 일도 없었다
사람들은 순응이라고 했지
낮술에 취한 붉은 눈빛으로
도둑괭이가 건들건들 몰려다니고……

어둠이라 불러 보고 싶다

어느 날 '똑, 똑'
깊은 속에서
세상의 언저리를 더듬는 무딘 손
나는 어두움을 한 손으로 젖혀 올린다

아, 유리조각처럼 윤이 나는 한 자락 세상
빗장 틈으로 반짝거리는 조각 하나 안주머니에 넣는다

갑작스레
수술실에 정전이 되었다
멀뚱거리는 눈빛
손끝에 닿는 심장은 어둠 속에서도 멈추지 않고
마취의사의 손놀림 따라
허파는 불다 줄다 반복한다
어디까지 했더라
아,
어두움 속에서도 반짝이는 피
닦아도, 닦아도 배어나는 붉은 피

당신이 사랑했던 남자처럼
— 아내와 나·여덟

눈을 뜨면
커튼을 젖히고 베게는 가지런히 놓아야지
두 뼘 접어 이불도 개고
사랑했던 남자처럼
낮살에 둥그레진 당신의 얼굴을 나
다붓하게 바라볼 수 있을까
빵 굽는 냄새는 언제나 좋아라
또둘또둘 커피 내리는 소리도 들리네
식탁에 당신과 마주앉으면
스무 해가 지나도 커피만큼 뜨거움에 왈칵 솟는
사랑이 남아있을까
삶이란 우리 둘 나이만큼 얽힌 뿌리를 내려
당신이 버린
교복처럼 입던 외투마냥
곰삭아도 찢어지지 않는, 끈질긴 사랑을 할 수 있을까
커피는 마지막 방울을 잔에 떨어뜨리네
빵엔 무엇을 바를까
식빵을 절반으로 포갤 때면
노릇하게 구워진 나는 옛날 사랑했던 남자처럼

살가운 얘기를 다시 할 수 있을까
듬성듬성한 머리칼에
희끗희끗한 세월에도
옛날 당신의 남자처럼
한 번쯤 껴안고 하루를 여는
힘찬 사랑을 아직 할 수 있을까

너무 구워지고 태워진 탓일까
당신과 보낸 시간에 길들지 못해
여름 감기보다 드물게 사랑이 오네
가을처럼 잡을 새 없이 지나가는 사랑을 보네
추운 늦가을 아침에

귀가 歸家

찬비 후둑이는 늦가을 저녁
코 벗겨진 낡은 구두를 벗다
오른쪽 굽창이 떨어져 나간 것을 알았다

낙엽의 잔해가 눌어붙고, 잔모래가 끼인 뒷굽
볼 틈도 없이 여름을 밟다가 가을을 밟는구나
흙가루 덕지덕지 묻은 구두
한동안 세상의 차이를 모르고
무딘 감각으로 지하철을 타고, 계단을 오르내리며
옹이 진 발바닥을 숨기고
먹이를 구해 여자를 안아 세상을 배웠구나
가을을 놓치는 사이 흰 꽃과 보라 꽃은 번갈아 지고
아픔을 숨죽인 채 너 헐떡이며 달려왔구나
좌우로 흔들리는 중심을 잡으러
비틀거리면서 어찌 견디었느냐
서러움을 견디었느냐

간만에 목젖을 울리며 내려다본다

고맙다, 다리야

김춘추

1944년 경남 남해 출생
시집 『요셉병동』 『얼음울음』 『어린 순례자』 등
『등대, 나 홀로 짐승이어라』로 가톨릭 문학상 수상
1988년 등단하였으나 시인 면허증 반납
가톨릭 의과대학 조혈모세포 이식센터 소장 역임
가톨릭 의과대학 명예교수

요셉 병동

아가야, 온몸에
흰 피만 불어나는 아가야

나는 여윈 너의 엉덩뼈에
쇠못을 박고
밤새 영안실 모퉁이에 기대 우는
귀뚜라미이거나 어둠을
보듬고 눈 뜨는 올빼미가 된다

수천 년도 더 묵은 전생에
이차돈의 업 같은 걸 혼자 쓰고
하얀 피만 도는 하얀 비둘기야
아무래도 나는 한 조각 꿈도
못 푸는 요셉이거나 황혼에
쐬주나 까는 애비일 뿐이구나

아가야, 뵈지 않는 쇠못을
보이는 가슴마다 꽁꽁
박고 간 아가야

석양

에게해의 수평선은 금실로 꼰 줄이다
그 금줄 위에서 하루를 태우다
지친 해가
바다에 누워 쉬면
하늘은 금방 까만 바다가 된다

이제, 로도스섬도 지워지고
포세이돈도 지워지고
나도 지워져 가고 있다

온종일 바다는 거품 한 점 없어
갓 난 비너스는 보이질 않았다
시뇨레 시뇨레

쇠똥구리

파라오 시절 홍수에도 끄덕 않고
6·25 적 그 징한 포성에도 끄덕 않고

똥을 빚어 빵을 굽는

성^聖 오마니!

김현식

광주광역시 출생
전남대학교 의과대학 졸업
외과전문의
2006년 『애지』로 등단
현재 서울 송도병원원장으로 재직중
시집 『나무늘보』
공동사화집 『날개가필요하다』 등
산문집 『시의 향기』
이메일: mdkhs@hotmail.com
mdkhs1@hanmail.net
주소: (100-453)서울시 중구 신당3동 366-144
서울송도병원
전화: 010-9973-8048

마틴 부버에게 한마디

너를 만나고 나의 갈 길은 예정되었지
무척 행복했었지
방황은 시작되었지
끝없이 하얀 구름을 날려 보냈지
너를 알고부터는
끝을 알 수 없는 먹구름을 따라가기도 했지
나의 파란만장한 삶은 시작되었지

나의 그릇은 깨지기 시작했어
넓은 세계로의 유영이기도 했어
아니 표류였는지도 몰라

너를 만나고 나의 삶은 석회처럼 굳어 갔지
뇌는 복잡해지고 다리는 뻣뻣해져 갔어 가끔
고장 난 스프링처럼 튀어 오르기도 했지만

'너와 나'의 의미를 찾는 여정이 이처럼
혼돈 속의 낙엽편주임을 어이 알았으리 그러나
이미 피할 수 없는 쓴 잔이니

비켜갈 생각은 없어 그래도
의미 없는 '너와 그것'이 될 수는 없지 않은가

그는 입을 다물고 한마디도 하지 않았다

명태

하늘을 나는 성이 있지만 하늘을 나는 어선도 있다 이제 동해에서는 명태를 잡을 수 없다 아무것도 모르는 치어들까지 몽땅 쓸어가 버렸기 때문이다 몇 날 며칠을 헤매도 빈 어선에는 고적한 물방울만 흩날릴 뿐이다 가벼워진 선체가 어찌할 수 없어 둥둥 뜨더니 하늘로 올랐다 공허한 허공을 표류하다 인간들이 우글거리는 대도시로 내려왔나 저인망을 풀어놓았나 거대병원에 크고 작은 물고기들을 모두 쏟아 놓는다 순진무구한 치어들까지 멀뚱멀뚱 잡혀 왔다 더 이상 동해바다에는 명태가 없다 저 식탁에 올라온 명태는 러시아산이다

제동장치

결코 고장이라는 단어를 모르는
정거장도 없는
출발역도 종착역도 없는
열차는 달린다

제동장치가 고장 난 유구한 열차에
그들은 무한한 노력을 쏟아가며
제동장치를 수리해 보려 했으나
새로운 장치를 개발해 보려 했으나
처참하게 실패했다

그리고는
그것만큼은 불가능하다는
깨달음을 얻었다

탈출하는 방법은 오로지
그냥 뛰어내리는 것뿐이었다

그러나 거기에는 엄청난

위험성이 내재해 있었다

삶의 가치의 상실이었다

이 치명적인 부작용을 망각한 인간이
오늘도 뛰어내렸다

나 해 철

1956년 전남 나주 영산포 출생
광주일고 전남의대 졸업
나해철성형외과 원장
1982년 동아일보 신춘문예로 등단
시집 『무등에 올라』 『동해일기』
『그대를 부르는 순간만 꽃이 되는』 『아름다운 손』
『긴사랑』 『꽃길 삼만리』 등
5월시 동인
이메일: nagonurni@hotmail.com
주소: (135-892)서울시 강남구 신사동 578-2 소석빌딩 4층
나해철성형외과

무진여행

홀로 자란 아이의 손을 잡고
물안개의 나라를 걷습니다
물알갱이 따라
보였다 지워지고
없다가 나타나는 아이의 얼굴이
웃고 있습니다
행복한 여행이라고 말하는
느린 목소리
물방울 무리 너머 들립니다
흐르는 세월이 물에 풀려 있는 듯
지나간 것들이 희미하게
바람을 따라 허공을 떠다닙니다
다 자란 아이가
갓난아이 같기도 하고
돌아가신 아버지 같기도 합니다
저녁 어스름에서 밤 깊이까지
안개의 영토는 더 넓어지고
잡은 손 놓지 않고 걷습니다
서로 말이 없어져 고요마저

는개의 식구가 되고
시간이 흐려져
영겁이 흐른 듯해도
아이는 곁에 있습니다
물 무더기는
우주의 끝까지 갔다 와서도
더 가릴 것이 없나 두리번거립니다
아이와
마주 잡은 손도 보이지 않습니다

에밀레종

끓는 쇳물에
너를 넣어
떠나보낸 후
너의 울음 징징징
징징징 나를 묶는구나

끓는 쇳물에 들어가서도
산 너머 하늘 너머까지
들리게 크게 울면
어쩌라고 어쩌라고

네가 울면 나도 울고
네 울음 흐느끼다 잦아질 때도
나는 운다

네가 끓는 쇳물로 가버린 후
나의 세상도 불길에 타올랐다

뜨거운 불길은 나를 휩쓸고

내 몸에 일렁이는 화염
견딜 수 없어
너를 안고 둥글게 식어버린 쇳물에
몸을 던져 부딪혀
덩덩덩 울어
덩덩덩 울어

나 흔적 없어진 후라도
천 년 후라도
너의 울음 징징징
나의 울음 덩덩덩 남아

그때도
서러움에 울기를
그리움에 울기를

별 헤는 사람

아득하여라
목숨이 다하는 날까지
별 헤는 일

오늘까지
일억 이천칠백오십구만 육천육백
삼십이 개를 세었네

하나에게 하나라고 부르고
둘에게 둘이라고 셈할 수 있을 때부터였네
어느 날은 또렷이
어느 날은 희미하게 반짝이는
별들을 헤아렸네

오래전엔 가끔
요즈음엔 자주
한 번 눈길 준 별을 다시 세는 걸 느꼈지만
어쩔 수 없었네
그런 날은 이 별이나 저 별이

똑같아 보였네

별 헤는 일이
무슨 엄중한 과제라고
귀한 목숨을 주었나 생각도 해보았지만
이미 습관된 일 떨쳐버릴 수 없었네

반백의 머리칼 주름진 얼굴 된
이제는 별을 헤아리지 않으면
살 수 없게 되었네

나는 별을 헤는 사람
아득하여라
목숨이 다 하는 날까지 애를 써도
은빛 강물 출렁이는
은하를 못 벗어나겠네

박강우

1998년 『현대시학』으로 등단
시집 『병든 앵무새를 먹어보렴』
『시와사상』 주간
박강우소아청소년과의원 원장
이메일: kangwoosea@naver.com
주소: (604-052)부산시 사하구 다대2동 120-10
삼환종합상가 409호 박강우소아청소년과 의원
전화: 051-262-3857, 010-2553-0737

토크쇼와 짬뽕

이른 새벽부터
식탁 위에 코끼리와 낙타가 피신해 있군요
마이크가 물에 잠기고
투 투 투 투
헬리콥터가 날아오는 소리가 들리는군요
타 타 타 타
낙타의 발소리가 들리고
투타 투타 투타 투타
코끼리가 코를 흔들고
마이크는 찌직 찌직 꺼져가는군요
띵띵딩띠띵딩
펭귄 가족이 다급하게 초인종을 울리고
칙 투 칙 타 찍 찍 찌직
기린이 현관문을 여는 소리가 들리는군요
이른 새벽
사냥꾼이 남긴 빈 밥그릇에 폭우가 쏟아져
아무런 맛도 나지 않는군요
투타찌직띵띠딩칙찍타

특급배송 vs 책임배송

곧 도착한다는군. 배송 도중 뿔이 돋고 비늘이 생기고
말발굽이 땅을 흔드는군. 묶여있던 머리카락이 풀어지
고 사과 껍질이 벗겨지고 머무는 벽마다 CCTV, 블랙박
스, GPS, Wi-Fi. 이젠 부끄럽지도 않군. 보여줄 수 있
는 건 사과 한 조각, 빈 쇼핑백 하나, 길을 걸어오는 두
여자. 나무 벤치에 앉아 치마를 입히면 책임배송, 치마
를 벗기면 특급배송. 지금 어디쯤 온 거지. 지금은 눈이
생겼고 지금은 팔이 생겼고 지금은 귀가 생겼고 지금은
이 층 계단을 오르는 중이고 지금은 도서관 문을 여는
중이군. 식탁보를 펴고 풀밭에 앉아 맨 앞줄에 자전거,
다음 줄에도 자전거, 마지막 줄에도 자전거, 언제 도착
했는지 어디서 왔는지 다음 자전거는 언제 도착하는지
도서관 문이 닫히고 나서도 알려고 하지 않아도 알고 싶
지 않아도 풀밭에 앉아 식탁보를 펴면 기억하지 않이도
기억하고 싶지 않아도 빈 쇼핑백은 항상 가득 차있군.

프로젝트 K

누가 사촌 누나를 복숭아나무에 묶어 놓고 갔을까
제발 나를 깨우지 마

우리는 비밀 여행중이었어
입국심사대에서 나는 누수탐지기로 심장검사를 받았
었지

과대 포장된 사탕 알이 요로를 따라 흘러나오고
사촌 누나의 속옷은 대동맥에 꾹 박혀 있었지

그날 저녁 옆집 식사 초대를 받았어
옆집 부부와 우리는
과대 포장된 사탕 알에 딸기 맛 요구르트를 곁들여 식
사를 하고
'좋아요 멋져요 기뻐요 슬퍼요 힘내요'를 남발했어

대동맥에 꾹 박힌 사촌 누나의 속옷에서 나오는 방귀
를 참느라
나의 손을 떨고 있었지

사촌 누나는 떨고 있는 나의 손을 꼭 잡고 입을 맞추어
주었어
옆집 부부도 덩달아 입을 맞추었어

방귀는 소리도 없이 냄새도 없이 사라졌지

우리는 복숭아 나무 아래 나란히 누워 잠들었어
제발 다시는 깨우지 마

박권수

2010년 『시현실』로 등단
큰시, 필내음 동인
현재 나라정신건강의학과 원장
이메일: pksnara@naver.com
주소: 대전시 유성구 봉명동 565-1 유덕빌딩 4층
나라정신과의원
전화: 042-822-7581

알약

간호사가 코팅된 알약을 자르고 있다
지독한 사랑을 원하지 않나 보다
잘게 부수어
심장이나 간으로
때로는 콩팥으로 전해지는
오래도록 자리에 머물다 도움이 되고 나면 빠져나가는
깊이 물들이지 않고도 사랑을 하는
그 작은 알갱이들이 되고픈 거다
오늘도 간호사 손에 들린 알약에
내가 들어가 숨는다

안구건조증

노파 셋 멀뚱멀뚱
진료실 창가를 기웃거린다
"할맘씨는 왜 왔다요 나가 누요? 맘씨 곱게 생겼네"
OO복지관, 골다공증처럼 구멍 난 글씨들이 할머니들
이름표보다 크다
매달리기엔 좁은 창가
할머니 셋이 파랗게 멍든 하늘을 쪼고 있다
"여가 어디여"
순녀할매가 시린 햇살이 지려놓은 눈가를 부비자
빼꼼히 마주한 옥순할매
햇살 떨어지는 소매 끝으로 눈가를 닦아 준다
"엄써, 암 껏도 음써"

마른 것이 마른 것을 닦고
인공 누액은 목젖 끝에서
그렁그렁하고
세상에 젖은 모든 것들은 총총거리며
눈물샘으로 떨어지고 있다

해가 취해 웃다가

명함을 쓰레기통에 넣다가 나도 따라 쑥 들어갈 때가
있다

구겨진다는 것은
한 번쯤은 사람의 손을 탔다는 얘기다
모모씨는 오늘도 번듯한 도로를 가로질러
왁스로 세운 머리를 다듬고
출입문의 높이에 맞는 마음의 각을 세우고
자신을 길들이고 있다
세월을 세일질 하기엔 너무 젊은 나이
등골 조여 가며 헤헤거리는 그의 옷깃엔
점심에 먹다 흘린 국수 자국이 속절없이 웃고 있다
그림자를 밟고 서 있을 때가 제일 든든하지
해 떨어지기 전에 하루해를 다 마셔버리겠다고
쉼표 없이 뛰어든 아스팔트 위에
그의 등 뒤로 정지된 햇살

세상에 모든 각들에 선을 그어대던 해가
오늘만큼은 구겨진 것들의 골을 따라
웃고 있다, 웃고 싶다

박언휘

시인, 수필가, 의학박사, 소화기내과전문의

경북대 의대, 대학원졸업

KBS 1 TV '아름다운 의사'(다큐멘터리)방영(2008년)

대한민국 사회봉사대상(2009년), 올해의 의사상(2007년)

2010년 월간 『국보문학』(시, 수필 등단)

2012년 한국문학신문 신춘문예 시 부문 당선

한국문인협회 회원

한국의사수필가협회 회원

한국의사시인회 부회장

대한노화방지연구소 이사장

대구가정법률상담소 이사장,

한국문학신문 논설위원

한국일보 편집위원

(사)대한국보문인협회 대구광역시 지회장

박언휘 종합내과 원장

저서 『박언휘 원장의 건강이야기』 『숙명』

동굴 탐사

설레는 마음으로
경이의 눈동자로

처음 위내시경의 핸들을 잡던 날
창밖엔 첫눈이 흩날리고 있었습니다.
떨리던 두 손과 마음을 다잡으며
"태고의 신비"를 찾아 동굴 탐사가 시작되었습니다.

내시경 검사를 받던 그 환자의 위장은
단 한 번도 빛이 닿지 않은 공동空洞이었습니다.

내시경 검사, 요즈음 나에겐 일상이 된 동굴 탐사입니다.
환자의 눈꺼풀이 무거워짐을 아는 순간
내 눈동자는 두 배로 키워지고, 마우스피스가 물린 입구를 지나
조심조심 암흑의 통로로 헤드램프를 비추며
미지의 동굴에 도착합니다.

병소를 놓칠세라 순간순간 긴장하며
처녀성處女性을 뒤지듯 샅샅이 환자의 속을 들여다봅니다.

종유석이라 이름 지은 〈용종〉이 보입니다.
벽면에는 곧 악마의 숨소리가 들릴 〈장상피화생〉이
보이기도 합니다.
까칠해진 천정과 위축된 바닥, 물기 흐르는 통로,
동굴의 벽이 울리며 구역질 소리를 내기도 합니다.
속을 훤히 다 보았지만, 아직 환자의 속마음만은 알
길이 없습니다.

첫눈이 내린 이른 아침
병변을 조금만 늦게 발견했더라면
목숨을 잃을 뻔했던 그 할아버지가
천수天壽를 다하시고 돌아가셨다는 소식을 들었습니다.

오늘도 나는
달 표면에서 시료를 채취하던 〈닐 암스트롱〉이 되어,
내시경 집게로 검사조직을 잘라 담으며,
어두운 거리에 촛불을 밝히는 마음으로
희망의 동굴에 조용히 사랑과 생명의 불을
밝히고 있습니다.

첫사랑

파도가 섬을 덮쳤기 때문이다.
스무 살 첫사랑
멍든 것은

쓰나미처럼 밀려왔다
물거품으로 사라져간
이제는
가시내 가슴속
섬으로 떠도는

그리운
그
멍

벚꽃이 있는 풍경

사내의 긴 머리에 떨어진 꽃잎이
머리 숲을 헤치고 들어간다.
여자의 사진이 된다.

사내가 조는 사이
미용사 가위 끝에서 잘려나간 사진이,
잘려 머리카락이 된 사진이,
기억 속으로 들어간다.

어제
사내의 식탁 위 꽃비로 떨어지던 벚꽃은
밤하늘에 올라
별이 되었다.

마지막 남은 꽃잎 하나 팔랑,
전화기 속으로 떨어져
여자의 경쾌한 목소리가 된다.

사내의 어깨가
깃털이 된다

서홍관

의사, 시인, 의학박사.

1983년 서울대학교 의과대학 졸업

1985년 『창작과비평』으로 등단

서울대학교병원에서 가정의학 전문의과정 수료

서울대학교 의과대학에서 의학박사 취득

미국 메사추세츠 주립대학병원에서 방문교수로 연수

1990~2003 인제대학교 서울백병원 가정의학과 과장, 인제의대 의사학 및
의료윤리학교실 주임교수 등 역임

2003년부터 국립암센터 암예방검진센터 및 금연클리닉 책임의사

2008년부터 2011년까지 대한금연학회 부회장

2010년부터 현재 한국금연운동협의회 회장

2011년부터 현재 국립암센터 국가암관리사업본부장

현재 민족문학작가회의 이사, 어린이의약품지원본부 이사

시집 『어여쁜 꽃씨 하나』 『지금은 깊은 밤인가』 『어머니 알통』

수필집 『이 세상에 의사로 태어나』

아동용전기 『전염병을 물리친 빠스뙤르』 『궁금해요 의사가 사는 세상』

역서 『히포크라테스』 『미래의 의사에게』 등

이메일: hongwan@ncc.re.kr

주소: 경기도 고양시 일산동구 국립암센터 국가암관리사업본부장 서홍관

전화: 010-7101-0255

꿈

나에게도 꿈이 하나 있지

논두렁 개울가에
진종일 쪼그리고 앉아

밥 먹으라는 고함소리도
잊어먹고

개울 위로 떠가는
지푸라기만
바라보는

열다섯 살
소년이 되어보는

어머니 알통

나 아홉 살 때
뒤주에서 쌀 한 됫박 꺼내시던 어머니가 갑자기
"내 알통 봐라"하고 웃으시며
볼록한 알통 보여주셨는데.

지난여름 집에 갔을 때
냉장고에서 게장 꺼내주신다고
왈칵 게장 그릇 엎으셔서
주방이 온통 간장으로 넘쳐흘렀다.

손목에 힘이 없다고,
이제 병신 다 됐다고,
올해로 벌써 팔십이라고.

인창이

한 할머니가 다섯 살 된 남자아이를
데리고 진료실에 찾아왔다.
"애가 자꾸만 배가 아프다고 해요.
머리도 아프다고 하고 밥도 잘 안 먹어요."

"(낮은 목소리로) 애네 부모가 이혼했어요.
엄마가 따로 사는데 가끔 전화도 하고
울면서 인창이 바꿔달라고 하더니
몇 달째 전화도 끊어졌어요."

"그 뒤부터 애가 이상하게
구석에서 무슨 생각을 해요.
텔레비전을 보다가도 멍하니
딴생각을 해요."

나는 '엄마와 아빠의 사랑'이 필요한 아이에게
배 아픈 데 먹는 약을 처방하다 말고
아이의 무너져내린 눈망울을
깊이 들여다보고 있었다.

송세헌

충남의대졸업
외과전문의
『시와시학』으로 등단
한모문학동인회, 필내음문학동인회
시집『굿모닝 찰리채플린』
이메일: gainsong@hanmail.net
주소: 충북 옥천군 옥천읍 금구리 145-7 중앙의원
전화: 043-732-1877, 010-5091-6277

인력 시장人力市場

어둠도 추위같이 깡깡한 새벽
밤새 주인을 기다리던
어시장 생선 같은 눈들이 번득인다
집어등 불빛 아래
어둠을 헤쳐 온 눈들이 고여 있다
등 떠미는 가난에 넘어지지 않으려고
깜깜한 수면 위를 뛰어오르려는 물고기들
눈대중으로 달아 허기진 근력이 팔리고 있다
어둠은 동공으로 심지 타듯 타들어 가며
공치는 날은 새는데
야광으로 빛나던 절박의 혼들
갈 데 없이 잿빛 눈빛으로 꺼져가고 있다

상강霜降

길 떠난 시간들이 서산에서 제련된다
검음과 붉음 사이 노을이 튄다
골짜기는 화로가 되고
산은 모루가 되어
순식간에 불 지핀 대장간
고개 넘던 시간들이 탕탕 제형된다
금세 불이 꺼진 매직 아워
담금질한 쇠가 하늘에 떴다
추상같이 서쪽을 가리키는 하현달

목어木魚

1.
목어木魚야,

환장할 일 없도록
비위 거스를 일없도록
간뎅이가 붇거나 콩알만 해질 일없도록
창새기 몽창 훑어내고
속 보이지 않는
목어木魚야,

허파 빠질 일 없도록
염장 지를 일 없도록
배알 꼴릴 일 없도록
포도청까지 죄다 소지한
속상할 리 없는
목어木魚야,

우레같은 말 한마디를 위해
부릅뜬 눈과 입만 예비하였구나

2.
번개 치듯 천기누설하는 외마디,
"할"
간담이 써늘하다.

신승철

1953년 강화출생

연세의대 졸업

신경과전문의, 정신과전문의

1978년 『현대문학』으로 등단

시집 『너무 조용하다』『개미들을 위하여』

『더 없이 평화로운 한때』 등

에세이 『있는 그대로 사랑하라』『나를 감상하다』 등

현재 큰사랑노인전문병원장

이메일: igu1848@hanmail.net

주소: (135-960)서울 강남구 개포4동 1164-10

큰사랑노인병원

전화번호: 02-3461-4320, 010-9010-7771

저녁에

갑자기 현관 앞에서
휑댕그렁하게 불어대는
저녁 찬바람

산란하는 이 봄바람 따라
잠깐 사이에

고향 앞산까지
몸이 날아갈 것 같은
가벼운 현기증

누구의 몸인가
한 가닥 실오라기가
작은 바람을 타고

공중을 가뭇없이 날다
연둣빛으로 물든
싸리나무 가지 쪽에 걸린다
흔적도 없이

- 기이한 인연이구먼,

- 아무튼 영원한 것은 없는 일이야,
아니, 영원은 우리가 깨어있지 않는 한
영원히 잠들어 있을 것이야,

무심無心은 집집마다
말할 수 없는 것들을
빈 그릇처럼 고요히 앉히고

바야흐로 오가는 사람들은
밤낮으로 꿈속의 일인 양,
분주하게 오가고 있다.

가난한 마음
— 성 프란치스코를 기억하며

잎 진 나무 손가락 끝에서
갈래갈래 뻗어 나간 여린 나뭇가지들

마른 연못 바닥처럼
초라하고 궁색해 보이기만 하다

그러나 가난한 이여
당신은
무엇을 두고 가난이라 말합니까.

보름달이 환하게 떠있습니다

다시 이 세상에 태어난다 해도
새로워질 일이 무엇 있겠습니까.

나는 나를 떠난 지
아주 오래되었습니다.

당신의 가난도

저 달나라에서는

푸른 느티나무가 되어
오래도록 무성하게 자라날 것입니다.

달의 서정

구들장 같던 잿빛 구름들이
선선히 걷히어 나가자

우련했던 달의 모습이
온전히 드러나기 시작했네.

염법染法을 곧 정법淨法으로
드러내려는 듯
온 세상이 환하게 드러났네.

— 자네, 공연히, 거칠게
허송세월만 보냈구먼,
저 달빛이 자네를 연민하고 있네.

— 이 몸이 무얼 알았겠습니까.
속을 들여다보면 누구든 다
지난날은 눈물겹습니다.

우두커니 서 있는 전봇대

우두커니 서 있는 아카시아 꽃나무
우두커니 서서 아픔도 모르고
병만 깊어가는, 다 크지도 못한 소나무들

방안에선 티브이만 보다 늙어가는 어머니,
말속에 갇혀 지내는 줄 모르고
말만 앞세우는 골목 안 고집 드센 젊은 아낙

하지만 달빛 말꼬리도 희미한 이 골목길은
늘 그림자들만 서성거릴 뿐입니다.

― 아무리 뒤져봐야 이 마음이라 하는 곳엔
도시 내 것이라 할 물건을 하나도 찾을 수가
없습니다, 없어요……

― 지금도 나를 모르는 마음이지만
그래도 지난날은 모두 눈물겹기만 합니다.

아픔도 모른 채

깊어만 가는 병病을 앓으면서도
그 환한 눈부심 속에

평생 그것이 병病이라는 것을
알지 못하는 달,

유 담

본명 유형준
서울대의대, 대학원(의학박사)
내분비내과 전문의
1998년 『문학예술』로 등단
시집 『가라앉지 못한 말들』
시와 산문집 『쉼표 그리고 느낌표』 『그리운 암각화』 등
현재 한림의대 내분비내과 및 의료인문학교수
한국의사시인회 회장
이메일: hjoonyoo@gmail.com
주소: (150-950)서울 영등포구 신길로1
한림대 강남성심병원 내분비내과
전화: 010-5235-8158

비에

젖는 일은 어떠한가
코끝이나 발끝이 아니라
온몸 젖는 일은

빗속에 녹아 있는
지난봄 뚝 져버린 그 붉은 꽃잎
여름 공중의 시퍼런 서슬

살갗으로 배어들어
낙엽으로 허우적대다
툭 떨어질지언정

더더 깊이 파고들어
내리다 지친 눈발로
질척거릴지언정

코끝이나 발끝이 아니라
온몸 젖는 일은
어떠한가

담쟁이

풀어주세요
세월에 덮여 있어요

볼 수 없어 차라리
눈 가리는 수천 장의
손바닥으로

여기서 거기의 두께만큼
가슴 부풀린, 공중에
지쳐 되풀이 젓는

오르다 멈칫
그 많은 손짓들

바람 한 점 실어가는
구름 조각 수없이 가리켜
소나기 쏟는 신통한 일상이여

손짓 하나에 손목 하나

담에 기대어
목 밑까지 타오른
붉은 맥박
손금처럼 흘러

수천 번 반복하는
수천 조각의 세월들

탑의 눈동자

눈길이 포개져 탑이 솟고

내내 같은 높이로

돌 위에 돌
돌 속에 돌
돌마다 한 눈동자씩 틔워

돌 속의 눈동자
눈동자 위 눈동자
눈동자 속 눈동자

꼭대기에 얹혀
우듬지로 자라는
눈동자

이따금
창공의 시퍼런 서슬에
베일까 감은 눈

눈 속의 눈동자

꼭대기를 본다

이규열

1993년 『현대시학』으로 등단
시집 『왼쪽 늪에 빠지다』
이메일: gylee@dau.ac.kr
주소: 부산시 서구 동대신동 3가 1번지
동아대학교병원 정형외과
전화: 010-4873-1462

시

견디어야 한다
단 한 줄로 세상을 밝힐
봄은 오고야 말겠지만
사유와 상상력을 번갈아 마시며
아직은 때가 아니다 중얼거리며
더 견디어야 한다
얼마나 올바르게 살았나
부모와 세상에 진 빚은 다 갚았나
반성하고 또 반성하며
모든 시간이 나를 허락하는 그 순간이
불꽃처럼 덮칠 때를
기다려야 한다
이성과 감성의 수위가 같아져서
본성의 봇물이 터지는 그 새벽을

잠행성 치환

모든 것을 녹여버리는 정신분열적 자본과
소비와 연애에 목숨을 거는 반도체 대중이
저무는 오후 햇살 속에서 느끼는 나른한 공복
그 존재의 멀미
아직도 배가 고프냐고
우뇌와 좌뇌의 가소성 원리를 믿느냐고
유혹하듯 기어드는 안티테제와
근원적으로 불가능한 사랑을 위해
옥상에서 뛰어내리고 밀실에서 연탄불을 피우는 테제들
21세기 뉴휴머니즘을 향하여
변함없이 인권은 선언되고
이 텅 빈 천민경제를 채워나가는
루저들의 신인문학운동, 그 뒷골목에서
햇살은 아직 따뜻한데
누구의 희생으로 채워나갈 것이냐
이 빈 공간들의 아우성을
자본의 살과 대중의 결이 만나는
이 공복의 나른함을
구역질 나는 존재를

진부한 시

진부하다는 말
시와 함께 경계의 미덕을 말하다가
삶의 능선을 넘어설 때
석양 속에서 들리는 말
진부해
삶 속에서의 시가 진부하고
시 속에서의 꿈이 진부하고
꿈속에서의 패배가 진부해
시와 함께해 온 좌절과
시와 함께해 온 용서와
시와 함께해 온 치유도
진부하다는 말
밤하늘의 별을 보면서
비 온 뒤 무지개를 보면서
문득 들리는 말
진부해
진부한 사랑조차 식어가는데
당신은 오지 않으니
늘 혼자라는 말
진부해

이용우

2004년 『문학세계』로 신인상
2006년 『열린시학』으로 등단
한림대학교 산부인과 교수
한림대학교 한강성심병원 산부인과 과장
이메일: obgylyw@hanmail.net
주소: (150-719)서울 영등포구 영등포동 2가 94-200
한림대학교 한강성심병원 산부인과 교수
전화: 02-2639-5240, 5241

화해

달콤한 군밤을 까먹다가
그 속에 웅크리고 죽어있는
어린 애벌레 한 마리 만났다
그곳이 어미의 자궁인 듯
고요하게 잠들어 있다
얼마나 뜨거웠을까, 저 어린 것
제 꿈이 날개 돋기도 전에
불 위에 몸 먼저 익어갔으니
그건 분명 사람의 죄다
갠지스 강 바라나시에서
죽은 사람 태우는 모습에서 보던
힌두교의 장례처럼 나는 아뜩해진다
밤송이 보다 더 많은 가시 날아와
원죄의 가슴이 따끔따끔해지고
나는 발길 멈추고 오랫동안 서 있었다
그러나 애벌레는 불길에 갇혀서도
봄이 온다는 착한 생각 했는지
착한 몸짓 그대로다
아아, 무릇 천진에 이르지 않고서야

이처럼 아름다운 주검이 될 수 있으랴
나 무심히 걸어온 발밑에도
행여 죄 없는 애벌레 몇 마리
들숨 날숨 쉬기도 전에 별이 되지 않았을까
발걸음이 조심스러워지는 시간
나는 오늘 그 영혼들과 화해하고 싶다.

나의 노래, 나의 시

울음도 누가 가르쳐 주고 가는 것이다
바람은 저를 따라가고 싶은
풀잎과 나뭇잎에게 울음을 가르쳤다
풀벌레는 그 풀잎 속에 숨어서
매미는 그 나뭇잎 뒤에 숨어서
혼자 우는 울음을 배운다
그대 바람으로 다녀가고
나는 그 바람에 흔들리고 흔들리며
울음, 피 울음 한 장단씩 배워 왔다
세상의 모든 울음이 그러하듯
나의 울음에도
선홍빛 핏빛 자국은 남아 있다
남들은 나의 노래라고 하고
나의 시라고 하지만.

수박에도 눈물이

경술국치 7년 후인 1917년에 태어나신
내 아버지, 올여름 내내 제대로 익은 수박 한 점
꼭 한번 먹고 싶다고 화두처럼 말씀하신다
아흔 해 온전하게 사시고 제대로 익은 수박 먹지 못하
셨다는 말씀인지
제대로 된 세상 한 번 만나지 못하셨다는 말씀인지
제대로 익었다는 것은 무엇인가? 골똘히 생각하며 산
길 오르다
고급 향수보다는 들꽃 내음이 더욱 향기롭고
산을 오르는 사람보다 내려오는 사람 인사가 더 너그
럽다는
생각에 당도했을 때, 나는 아버지가 던진 화두의 문이
보인다
제대로 익었다는 것!
욕심 많은 사람의 손길이 아니라 무위의 손길에 익어
간 수박
비닐하우스 안이 아니라 가뭄의 불볕 아래 승리한 수
박처럼
어딘가 엉성하지만 자연의 손길로 버무려진

제대로 된 맛, 제대로 된 세상
아버지는 한번 맛보고 싶으신 것이다
꽃 먼저 만드시고 눈물 나중 만드신 것은
눈물이 빠진 세상은 제맛이 아니라는 그분 말씀 따라
질긴 세상의 맛 요리조리 되씹으며
구석구석 맛보아온 아버지의 입맛 맞추려고
임자 없는 밭에서 스스로 익은 노지露地 수박 하나 따왔다
아버지 앞에 앉은 그놈 수박이 쩍 갈라지며 뱉어내는 말
짠맛 없으면 단맛도 깊어지지 않는다고
간이 맞아야 세상도 제맛이라고
    내 아버지 그 말에 답하시길, 허참!, 그 수박 제대로
익었네!

장원의

장안과 의원 원장(안과 전문의)
전남의대 졸업, 고려대학교 대학원(의학박사)
대한안과학회 서울시 지회장 역임
고려대, 중앙대, 한림대 외래교수
대한미용외과 및 일본미용외과 학회 회원
전국경제인연합회 최고경영자과정 수료(30기)
『에세이문학』(수필)『조선문학』(시)으로 등단
서대문 문인협회 회장, 한국수필문학진흥회 부회장 역임
조선문학 문인회 회장, 대한문학 운영위원장, 한국문인협회 회원
수필집『빈자리엔 정 뿐이랴』『백년이 지난 후에』
시집『이브가 눈을 뜰 때』『하늘공원』『길에서 길을 묻다』
풍시조『풍시조로 세상 엿보기』『거울속의 세상』
대한 문학상 대상, 조선 시詩 문학상
취미: 골프(한양컨트리클럽 99년도 챔피언 HC 3)
클라리넷 및 오카리나연주, 등산, 바둑

환갑還甲

촉수 잃은 귀뚜라미
어둡고 긴 터널
525.600 시간의 기나긴 방황

쉰아홉 번의 체인지 파트너였지만
첫사랑을 못 잊어
밤은 추억 여행을 떠나는 시간

기다린 보람으로
남북이산가족처럼 60년 만에 만나
반가움에
헤어진다는 생각은 꿈에도 못했지

그런데 기구한 운명인가
삼백육십오 일의 시한부 만남이라니
이별보다 더 아픈 게 외로움인데
또 60년을 어떻게 기다리란 건지.

베네치아

푸른 바다 맑은 하늘
동방의 관문
물의 도시 베네치아

이탈리아반도 동쪽 아드리드해
바다 위에 말뚝을 박아 만든 섬
부평초처럼 둥둥 떠 있는 인공 도시
곤도라 택시배만 골목을 누빈다

파도처럼 밀려오는 관광객
손님들의 내 딛는 발걸음마다
2천 년 역사의 숨결이 꿈틀거린다

베니스 상인 마르코폴로의 후예들
떠돌이 장사꾼들이 이제는 앉아서
여행객들의 호주머니를 털기에 바쁘다.

갯벌

밤새
복통을 앓던 바다는
동이 트자
만삭인 배를 드러낸 채
곤히 잠들어 있다

게들은 거품을 토해내며
여덟 개 손가락에
금빛 햇살을 묻혀 판화를 그리고
갈매기들은 독수리 타법을 써
자기내들끼리 통하는 언어로
연서戀書를 쓴다.

머드팩을 즐기던 짱뚱어가
밀물에 왕방울 눈을 굴리며
뒷걸음질칠 무렵
파도가 갯벌을 와락 끌어안고
조수潮水 밑으로 몸을 숨긴다.

정의홍

1956년 강원도 강릉 출생
서울의대 졸업
의학박사, 안과전문의
인제의대 백병원에 재직
1992년 도미하여 하버드의대
매사추세츠안 이비인후과 병원과 스케펜스안연구소에서 근무
2000년 귀국, 2003년 이후 서울에 개원하여
수술과 환자를 보는 틈틈이 시를 쓰고 있음
2011년 『시와시학』으로 등단
시집 『홀로가 아니었다면 만나지 못하였을』
『나는 왜 꽃 피우려 하는 것일까』 『천국아파트』

소래 포구 가는 길

월곶에서
소래 포구 건너는 길은
아주 오래된 협궤 철교

그 다리 위엔 늘
일몰이 걸려있어

소래 포구 가는 길엔
그대 꼭 잡은 손을
놓지 말아야 해

아침 바다에 나갔던
낡은 배 두 척이
저녁 무렵 지친 몸으로
이곳에 찾아드는데

내 작은 소망 하나
붉게 지는 낙조 속에
그대와 함께
빠지는 일

산동네 사람들 1

산동네에 사시는
허리가 반으로 접힌 구십 할머니
어렵게 눈 수술을 해드렸는데
함께 오신 보호자 할아버지
눈이 어떠신가 검사해보니
녹내장에 백내장에
할머니 눈보다 훨씬 나빠서
세상으로 열린 창이
거의 닫힐 지경이다
좀 보이시느냐고 물었더니
나는 아직 잘 봅니더
우리 할멈 수술 잘해서 꼭 좀 보게 해주이소
할머니 손을 꼬옥 잡고 나가시는데
할머니가 넘어지실까 손잡으신 건지
당신이 넘어지실까 꼬옥 잡으신 건지
산동네에 핀 사랑 꽃은
세월 가도 시들지 않네

저물녘

세월이 허리에 걸려
구부정하게 등 굽은 할머니
키보다 더 큰 폐지묶음을 끌고
건널목을 건너는데
빨간 신호로 바뀐 지 오래건만
아직 반도 못 건넜다
위태위태하다

일 킬로에 백사십 원
십 킬로에 천사백 원
시장 안 강화식당 된장 백반은 오천 원
저녁밥 값은 벌었는지
커다란 폐지묶음에 끌려가는 할머니
오늘 하루해 떨어지는 것이
아슬아슬하다

조광현

1974년 부산의대 졸업

부산 백병원병원장 역임

대한흉부외과 학회장 역임

인제의대 흉부외과 교수

2006년 『미네르바』로 등단

2006년 『에세이스트』로 수필 등단

부산의사문우회 회장 역임

에세이스트문학회 회장

시집 『때론 너무 낯설다』

이메일: ctsckh@inje.ac.kr

주소: (614-735)부산광역시진구개금동633-165

부산백병원 흉부외과

전화: 010-9335-6334

우리들의 양심

무영등 아래 서 있어 본 사람은 안다
아침 일찍 일어나 머리를 감고
의식의 저 서늘한 밑바닥까지 밝히는 빛의
따가운 화살을 맞아 본 사람은 안다
이 세상 모든 어둠이 사라진다는 것이
얼마나 잔인한 일인지

가령 오늘 하루가 백일하에 드러나고
일상 우리가 잔머리 굴릴 때
누군가 잔뜩 노려보고 있다는 사실을
안다는 것은 무척 잔인한 일이다

무영등 아래 서 있어 본 사람은 안다
이 세상 어디에도 심판이 있다는 것을
가령 X-선 한 줌이 우리네 뼛속을 훤히 꿰뚫듯
내밀한 창고가 모두 드러나는 순간이 올 때
항상 우리들의 양심, 그것이 문제였다

실상 오늘도 나는

제1수술실 무영등 아래에 서서
나만의 고독한 칼을 갈고 있다

그러나 나는 안다
종래 풀리지 않는 문제가 있다는 것을
영영 돌아오지 않는 그대 심장이
아무리 불러도 대답 없는 그대 호흡이 있다는 것을
언제나 새까맣게 가슴만 탄다는 것을.

당신의 가슴에 청진기를

당신의 가슴에 청진기 대면
심장의 박동소리만 들리는 게 아닙니다

따스한 햇살 아래
봉숭아 꽃술 터지는 우리 사랑의 터치
이마를 적시는 한 여름의 빗물 소리
당신이 내뿜는 찬연한 원시의 호흡
아침 풀숲에 이슬 구르는 소리
깔깔거리는 우리 아이들 웃음소리도 들립니다

당신의 가슴에 청진기 대고
때로는
기다림에 지친 내 욕망의 파열음을
밤을 지새운 새벽달의 피 울음 소리를
세상 마지막 인사를 들었습니다

나에게 주어진 생이
때로는 모질게 힘들었다 해도
당신으로 하여 나는 정녕 행복합니다

그때나 지금이나 내일이나
나는 언제나 청진기를 들이댑니다
오늘도 당신의 가슴으로 갑니다.

하구언에서

낙동강 하구언 을숙도에
청둥오리 떼 날아듭니다
얼어붙은 강 위로 미끄럼을 타며
하나 둘 배낭을 풀기 시작합니다

작은 새는 배낭 속에
송곳을 품고 옵니다
한겨울 칼바람이 뺨을 때리면
얼음을 깨며 살아야 합니다

나의 작은 배낭 속에도
작은 것만 있는 것이 아닙니다
하얗게 얼어붙은 날 종일을
당신을 기다리는 사랑이
내 가슴을 찌르고 있습니다.

주영만

1957년 대전출생
1981년 충남대학교 의과대학 졸업
1988년 내과전문의
1991년 『문학사상』으로 등단
시집 『노랑나비, 베란다 창틀에 앉다』
현재 경기도 광명시 우리내과의원 원장
이메일: ymjhoo@naver.com
주소: 경기도 광명시 하안3동 200-2
정산빌딩 201, 202호 우리내과의원
전화: 02-808-7515, 011-717-3005

그리움, 혹은 시

허리가 아프니
머리와 발이 멀고
고된 하루를 건너는
우리네 사랑은 멀었다.

발이 먼 머리를 좇아갈 때면
반성하라. 반성하라.
먼 그대에게 가까이 가면
반성하라. 반성하라.
통증이 허리를 찔렀다.

오늘은 더 이상 앉아있지 못하고
결박된 채 관棺으로 누웠다.
멀리 바닷가의 다리가 긴 철새들이
높게 혹은 낮게 깔리는 음표들로
무리지어 가물가물 천장을 배회하는 한낮에도
성욕性慾이 슬픔처럼
허리에 달라붙었다.

시詩여.

서산마루에 서다
— 어떤 이별離別

뒤돌아보니 아무도 없었다.

노을이 몇 줄기 하늘 끝에 매달려 있었다. 살 부비던
바람도 잦아들고 발아래 이름 모를 풀꽃 하나가 고개를
떨구고 있었다.

역광, 혹은 시간

햇빛이 돌 위에 내려앉는 순간, 오후의 무료함과 함께 그 돌은 흔적도 없이 바스러졌습니다.

정체된 도로의 앞선 승용차 지붕에서 갑자기 벼룩 한 마리가 허공으로 튀어 오르면 수많은 무지개들이 별빛처럼 쏟아져 내렸습니다.

강물 따라 흐르지도 못하고 물 위에 한 움큼 고여 있다가 그 강물이 울컥 출렁이면 슬픔처럼 한가득 눈이 시렸습니다.

그 순간, 세상을 꾹꾹 눌러 밟던 한 떼의 새들이 노을을 건너 저만큼 서쪽 하늘에서 그들의 세상을 떠나가고 있었습니다.

한현수

1959년 전주 출생
2006년 『창조문학신문』으로 등단
2012년 『발견』 신인상 당선
가정의학과 전문의
숲생태 연구가
발견웹진편집위원
분당에서 독서토론모임 〈소꿉〉 진행
시집 『내 마음의 숲』 『오래된 말』
이메일: lcchan2002@hanmail.net
주소: 경기도 성남시 분당구 서현동 305-2
서현프라자 201호 야베스가정의학과
전화: 010-5596-6507

내재율

딱따구리가 따구르르……
큰 구슬 굴러가는 소리를 내는 건
찢겨진 나뭇가지를 골라 두드리는 것이어서
나무가 딱딱한 몸을 세워
울림통이 되어 주는 것이어서
따구르르, 그 소리는 사실 나무가 하는 말

상처를 수직으로 대면하는 건
그건 딱따구리의 운지법이어서
수직의 소리가 잠자리 날개처럼 수평이 되어 내려앉는
것이어서
실선實線도 아닌 점선點線도 아닌
바람이란 오선지에 파문의 선율로 조율되고 있는 것이
어서

소리가 멀리멀리 갈 수 있는 건
찢긴 나뭇가지마다 아직 꽃이란 내재율이 있어
상처의 울림을 더 크게 해주는 것이어서
고요 위에 떨어지는 말이

굴러가기 좋게
고요가 함께 출렁거리는 것이어서

외다리

자작나무처럼
왜가리가 긴 외다리로 서 있는 건
흔들거리는 고요와 내면의 탯줄을 잇대는 것

좌우 미동도 없이
더더욱 왜가리가 외다리로 잠들려는 건
자칫 두 개의 발이 태생적 몽유병을 불러오기 때문

첫 싹의 보법을 잊어버린 후
외다리로 서 있는 자작나무는 알고 있을 것이다

제 몸 누르듯 죽지를 모아
남은 한 다리와 긴 고개를 날개 아래 파묻고
외다리로만 들어가는 독거의 방이
왜가리에게도 있으리라는 것

겨울의 강, 그 자리에

아침 오기 전
강 너머로 물새들이 훌쩍 떠난 자리에
휑해진 눈언저리 같은 게 남아있다
뭔가 잃어버린 것 같은
그 자리에 서서
빛바랜 갈대의 몸짓을 본 적 있다
자신에게 빠져나가는 초록의 문장 끝을
설핏 잡은 듯 놓아버렸을 그런
멀어져가는 자신을 바라보았을 갈대가
강물에게 뒤척거릴 때,
내 몸에서 허전한 것이 흘러간 적 있다
지나가는 것이
지나간 것의 그림자가 되어있는
곧 돌아오리라는 배경으로 둘러앉아
그렇게 지나가는 듯
혹, 죽은 것이 살아있는 듯
강물에 얼비쳐 흐르는 날이면
내 몸이 강물인 것처럼 느껴진 적 있다
갈대가 강물을 놓았다가 잡았다가
저만치 여백으로 물러나 있는

홍지헌

1958년 강원도 동해시 출생
강릉고등학교, 연세대학교 의과대학 졸업
연세대학교 의과대학대학원 의학박사
이비인후과전문의
연세이비인후과의원원장
박달회 동인
2011년 『문학청춘』으로 등단
저서 『당신의 귀코목의 건강을위하여』
이메일: jihunhong@hanmail.net
주소: (158-769)서울 양천구 신정동 312
목동신시가지아파트 924동 703호
전화: 010-5416-0317

나무처럼

매미가 운다
숲이 시끄럽다
나무를 빌려준 것뿐인데
숲이 우는 것 같다
바람이 분다
숲이 흔들린다
잠시 길을 내 준 것뿐인데
숲이 바람을 만드는 것 같다
바람 잦아든 오부 능선에서
나무처럼 한가로이 서 있고 싶은데
슬픔 하나 어깨로 날아와
둥지를 틀고 알을 품는다
기쁨 하나 잠깐 들렀다
멀리 날아간다
매미의 울음과 소나기와 폭설과 매운바람을
모두 받아주는 나무처럼, 숲처럼
슬픔이 제 새끼를 키워 둥지를 뜰 때까지
나를 빌려줄까
내 어깨에 머물러 있는 슬픔이
석양을 배경으로 찬란하다

비밀의 화원

아픈 건 참아도
가려운 건 못 참겠다고
중이염 환자가 말했을 때
세상에 못 참을 아픔은 없는 거라고
말하는 것 같았다
사소함이 삶을 더 성가시게 한다고
말하고 싶은 것 같았다
세상에서
복사꽃이 붉게 피고
은행잎이 누렇게 물들어가는 동안
귓속 깊은 곳에
샘물이 솟고
이끼가 자라고
앉은뱅이 꽃이 피기 시작했다
참을 수는 있었지만
막을 수는 없었던
비밀의 화원이 생겨났다
나는 그의 귓속을 엿보면서
그의 말이 큰 울림을 가지게 된 것이
비밀의 화원 때문이라 생각했다

구름을 닮은 것들

주머니 속에
버리지 못한 휴지
지갑 속에
어머니 사진, 지폐 몇 장
가슴 속에
가벼운 역류성 우울
내가 가지고 다니는
구름을 닮은 것들
지난 십 년, 이십 년
너무 달라진 세상, 긴 세월 동안
변함없이 나와 함께 있는 것들
내 생애를 쓰다듬는 긴 바람이 불어오면
바람을 따라나서
다시는 돌아오지 않을 것들

황 건

2004년 『창작수필』, 2005년 『시와시학』으로 등단

인하의대에서 '문학과 의학'을 가르침

이메일: jokerhg@hanmail.net

주소: 인천 중구 신흥동 3가 인하대병원 성형외과

전화: 032-890-3514

이카루스

아버지는
새 깃털 날개를 등에 붙이며
해 가까이는 가지 말라고

나는
수평선 아래로 잠기는
당신에게로

바다에 빠지기 전에
당신의 품에서
하나 되려고

모자

역사에서 처음 만난 여인과
술집을 찾아 걷다가
가판대에서 본 은빛 모자를
그 긴 머리에 씌우고 싶었다

어디에서 왔어요
팔 년간 벽을 보고 지냈어요
어디로 가나요
동굴 속으로 가요

기적소리를 들으며
뒤돌아 밤을 지내고
허공에 이름을 써 보니
흰 모자 쓴 웃는 모습

행복

시간이 더디 흐르기를 바라는
그 마음 행복

당신 곁에 있을 때
순간이 멈추기를 바라는
그 마음 행복

이젠 기다리며
구름 사이로 보이는
그 얼굴이

거친 바람 사이로 들리는
그 목소리가
행복

한국의사시인회의 첫 시집 『닥터 K』의 상재를 조심스레 기뻐한다.

어느 시인은 흰까운을 입어야, 어느 시인은 벗어야 시를 짓는다. '시는 세상의 온갖 표현'이라는 스스로의 믿음 그대로다. 그래서 조심스럽다.

격려로 축하해주신 마종기 시인, 옥고를 주신 회원들, 시종의 마련에 정성을 다한 총무 김연종 시인, 간행이사 홍지헌 시인, 문학청춘 주간 김영탁 시인께 감사한다.

이 시집이 '의료계와 시계詩界의 많은 이들에게 지혜와 포용의 무변無邊한 가능성으로 기억되기를 소망하며'(창립취지문에서, 2012. 6. 9.) 한국의사시인회를 사랑하는 모든 은혜로운 이들과 함께 기뻐한다.

2013년 6월
한국의사시인회 회장 유담